AF494059

12 Décembre 1892.

P

VENTE APRÈS DÉCÈS

TABLEAUX MODERNES

COLLECTION

DE

Madame la Baronne de G.

CATALOGUE

DE

TABLEAUX MODERNES

PROVENANT DE LA SUCCESSION DE

MADAME LA BARONNE DE G.

OEUVRES IMPORTANTES

DE

DIAZ, TH. ROUSSEAU, E. ISABEY, TROYON, ZIEM

ET DE

Rosa Bonheur, Cabat, Chaplin, Escossura, Édouard Frère, Guillemin
Hugues Merle, C. L. Muller
Palizzi, Robbe, Léopold Robert, C. Roqueplan, Voillemot

TABLEAUX ANCIENS

VENTE HOTEL DROUOT, SALLES N°s 9, 10 & 11

Le Lundi 12 Décembre 1892

A TROIS HEURES

Exposition particulière : *Le Samedi 10 Décembre 1892*

ENTRÉE SPÉCIALE, rue de la Grange-Batelière

Exposition publique : *Le Dimanche 11 Décembre 1892*

DE UNE HEURE A SIX HEURES

COMMISSAIRE-PRISEUR

Me BOUDIN

14, rue de la Grange-Batelière, 14

M. Henri HARO	**M. B. LASQUIN**
PEINTRE-EXPERT	EXPERT
20, rue Bonaparte, 20 | 14, rue Visconti, 14	12, rue Laffitte, 12

Chez lesquels se distribue le Catalogue.

CONDITIONS DE LA VENTE

Elle sera faite *expressément* au comptant.

Les Acquéreurs payeront CINQ POUR CENT en sus des adjudications, applicables aux frais de la vente.

Paris. — Imprimerie de l'Art, E. MÉNARD et Cie, 41, rue de la Victoire.

TABLEAUX MODERNES

BÉRANGER

(EM.)

1 — *La Lettre.*

Une jeune servante lit avec empressement une lettre, près de la porte entr'ouverte d'un appartement.

Signé et daté 1858.

Bois. Haut., 26 cent.; larg., 21 cent.

BONHEUR

(ROSA)

2 — *Moutons au pâturage.*

Un paysan et une paysanne font paître un petit troupeau de moutons dans un paysage accidenté où se dressent, sur une éminence plantée d'arbres, les ruines d'un château.

Au premier plan, près d'un sentier, des brebis ; vers la droite, un vieil arbre dénudé.

Signé au bas : R. Bonheur, 1846.

Toile. Haut., 55 cent.; larg., 65 cent.

BONHEUR

(ROSA)

3 — *Chèvres et Moutons.*

Le troupeau est disséminé sur la pente d'une colline couronnée d'arbres.

Près d'un ruisseau, au premier plan, une chèvre et son chevreau. Plus loin, sur la hauteur, on aperçoit le berger.

Des nuages dorés couvrent une partie du ciel.

Signé : R. Bonheur, 1846.

Toile. Haut., 55 cent.; larg., 65 cent

BOTSCHAROFF

(M.)

4 — *Vue prise en Italie.*

Signé à gauche.

Toile. Haut., 63 cent.; larg., 48 cent.

CABAT

(LOUIS)

5 — *La Route en forêt.*

Bordée de talus couverts de gazon, une large route, sillonnée d'ornières, s'enfonce dans la forêt après avoir traversé un carrefour; vers la gauche, une femme suit un sentier conduisant sous bois.

Le jour est à son déclin; d'épais nuages répandent leur ombre sur le paysage et lui impriment un effet de sombre poésie.

Signé au bas, à gauche.

Toile. Haut., 42 cent.; larg., 61 cent.

CHAPLIN

(CH.)

6 — *Léda.*

Au milieu d'un cours d'eau, sous un arceau de feuillages la jeune femme suivie d'un amour caresse un cygne.

A ses côtés, deux baigneuses causent appuyées sur la berge, et une autre se repose sur un tertre.

Des amours s'ébattent dans l'eau et voltigent sous les branchages.

Jolie décoration.

Toile. Haut., 80 cent.; larg., 1 mètre.

CHAPLIN

(CH.)

7 — *La Toilette de Vénus.*

La déesse est assise sur des nuages, entourée de trois nymphes; l'une lui présente un miroir, l'autre lui ajuste des sandales, la troisième orne sa chevelure.

Un amour porte une coupe, pendant qu'un autre voltige en tenant une corbeille de fleurs.

Pendant du précédent.

Signé au bas, à droite.

Toile. Haut., 80 cent.; larg., 1 mètre.

COSTANTINO & RIEDEL

8 — *La Baigneuse.*

Toile. Haut., 1 m. 95 cent.; larg., 1 m. 25 cent

DEMAY

9 — *La Rentrée de la moisson.*

De nombreux villageois fêtent la fin de la moisson et dansent une ronde, pendant que d'autres paysans déchargent un chariot de blé dans le grenier de la ferme.

Sur le perron de leur maison, le fermier et sa femme prennent part à la fête.

Signé à gauche et daté 1836.

Bois. Haut., 25 cent.; larg., 32 cent.

DEMAY

10 — *Le Retour des vendanges.*

Un chariot, chargé de deux cuves pleines de raisin et traîné par trois chevaux, est entouré des vendangeurs qui l'accompagnent en dansant.

Des musiciens et le tambour du village ouvrent la marche.

Signé à droite et daté 1836.

Pendant du précédent.

Bois. Haut., 25 cent.; larg., 32 cent.

DIAZ

(N.)

11 — *La Récréation orientale.*

Une charmante société, composée de jeunes femmes et d'enfants, se trouve réunie sous une véranda couverte de feuillage, supportée d'un côté par une colonne et appuyée de l'autre à une habitation.

Une fillette joue avec un petit chien blanc, pendant que, debout près d'elle sa petite compagne, ainsi que le jeune garçon assis sur le rebord du mur, semblent s'intéresser à ce jeu.

Une jeune mère tient son bébé sur ses genoux, tandis qu'une jeune fille, debout derrière elle, sourit à l'enfant, cherchant à le distraire. Au fond, deux autres personnages, et, dans le lointain, les arbres se découpant sur un ciel nuageux d'un puissant effet.

Dans cette jolie composition, empreinte de tant de grâce et d'un si paisible bonheur, le maître a déployé un éclat de coloris incomparable.

Signé au bas, à gauche, et daté 57.

Bois. Haut., 40 cent.; larg., 31 cent.

ESCOSSURA

(LÉON J.)

12 — *Soldats Louis XIII.*

Assis près d'une fenêtre, un officier à barbe grise, coiffé d'un grand feutre, démontre à deux de ses lieutenants le plan d'une forteresse, à l'aide d'un compas. Devant eux, des plans sont posés sur une chaise.

Charmant tableau d'une touche facile et délicate.

Signé au bas, à gauche; et daté de 1865.

Bois. Haut., 33 cent.; larg., 24 cent.

FRÈRE

(ÉDOUARD)

13 — *La Toilette du dimanche.*

Au milieu d'une modeste chambre, une jeune femme habille un enfant qu'elle tient sur ses genoux. A côté d'elle, sur un tabouret, une petite fille joue avec sa poupée.

Signé au bas, à droite, et daté 56.

Bois. Haut., 47 cent.; larg., 38 cent.

GIRAUD

(C.)

14 — *Fleurs et Fruits.*

Une statuette de la Vierge, placée dans une niche, est décorée d'une guirlande de fleurs variées et de fruits.

Signé et daté 1848.

Toile. Haut., 1 mètre; larg., 80 cent.

GUILLEMIN

(A.)

15 — *Les Cadeaux.*

Une jeune paysanne, de retour de la ville, a rapporté des foulards, une poupée, un A B C, qu'elle offre à un jeune garçon et à une fillette qui en paraissent ravis. Leur grande sœur, debout derrière eux, file du chanvre sur une quenouille.

La scène se passe dans un intérieur basque, devant une grande cheminée.

Bois. Haut., 45 cent.; larg., 57 cent.

ISABEY

(EUGÈNE)

16 — *Le Départ d'Élisabeth de France.*

Au moment où la jeune princesse va partir pour l'Espagne, une suite nombreuse de gentilshommes et de dames d'honneur s'empressent à la sortie du palais ; un jeune page fait avancer un carrosse doré dont on voit l'un des chevaux blancs ; aux pieds de ce cheval, jappe un petit épagneul.

L'architecture est en partie cachée par des draperies rouges et bleues et par des nuages où voltigent des amours jetant des fleurs, emblème allégorique dont le maître a enrichi cette composition éclatante de couleur.

Bois. Haut., 66 cent.; larg., 50 cent.

ISABEY

(EUGÈNE)

17 — *La Tempête.*

L'orage obscurcit le ciel, quelques rayons de lumière percent encore les nuages et éclairent en partie la mer furieuse. Près d'une bouée, un bateau de pêche paraît manœuvrer difficilement pour se laisser aborder par deux barques, dont l'une est conduite par huit hommes ramant avec ardeur. Vers le fond, deux autres bateaux, toutes voiles dehors, fuient devant le gros temps.

Composition d'un grand effet dramatique.

Signé au bas, à gauche, et daté de 1850.

Toile. Haut., 66 cent.; larg., 98 cent.

LENFANT DE METZ

18 — *Les Souris prises au piège.*

A la grande joie de quatre enfants, et aussi de trois chats, la souricière qui avait été placée dans un buffet est garnie de victimes.

Signé à droite.

Toile. Haut., 55 cent.; larg., 45 cent.

MERLE

(HUGUES)

19 — *La Demande en mariage.*

La demande est accordée, car le père prend la main du prétendu, tandis que la fiancée, debout, est entourée de ses parents. Une femme s'apprête à verser le cidre dans un verre pendant qu'une autre villageoise s'occupe de la cuisine.

La scène se passe dans un intérieur breton.

Signé à gauche et daté 1858.

Toile. Haut., 81 cent.; larg., 1 mètre.

MERLE

(HUGUES)

20 — *Les Enfants au papillon.*

A l'entrée d'un bois, deux enfants nus, enveloppés par une légère écharpe de gaze, se disputent la possession d'un papillon, qui voltige devant eux.

Signé et daté de 1858.

Toile. Haut., 1 mètre; larg., 80 cent.

MERLE

(HUGUES)

21 — *La Soubrette indiscrète.*

La jeune curieuse épie, par la fente d'un paravent, la scène qui se passe de l'autre côté.

Signé au bas, à gauche.

Bois. Haut., 27 cent.; larg., 21 cent.

MULLER

(C. L.)

22 — *Une Idylle.*

Un jeune garçon est agenouillé devant une fillette assise sur un tertre, au pied d'un gros arbre. Le jeune galant a apporté des fleurs à sa petite amie et lui dépose un baiser sur la joue; elle le reçoit en souriant avec la candeur de l'innocence. De l'autre côté d'une rivière, on aperçoit les maisons d'un village.

Signé au bas, à gauche.

Forme cintrée du haut.

Toile. Haut., 1 m. 10 cent.; larg., 75 cent.

NEUSTATTER

(L. 1863)

23 — *Jeune Femme.*

Elle est près d'une fenêtre, écrivant avec son doigt sur la vitre couverte de buée.

Bois. Haut., 40 cent.; larg., 32 cent.

PALIZZI

(F.)

24 — *Bestiaux au pâturage.*

Au bord d'une petite rivière, qui serpente dans une vaste prairie, un beau taureau au poil grisâtre regarde une vache blanche tachetée de jaune, se tenant à ses côtés. A gauche, le berger et son chien, étendus sur l'herbe. D'autres bestiaux paissent dans l'éloignement.

Signé et daté à gauche 1869.

Œuvre des plus importantes de l'artiste.

Toile. Haut., 84 cent.; larg., 1 m. 25 cent.

POLLAK

25 — *Le Berger des Alpes.*

Signé à droite.

Toile. Haut., 95 cent.; larg., 71 cent.

ROBBE

26 — *Le Gué.*

Trois vaches, conduites par une paysanne, boivent dans une rivière. Au fond, la plaine dominée par une colline.

Signé et daté à gauche 1852.

Toile. Haut., 80 cent.; larg., 1 m. 25 cent.

ROBERT

(LÉOPOLD)

27 — *La Prière à la Madone.*

Sur une terrasse d'où l'on domine un paysage montagneux, un vieillard et une jeune femme sont venus prier devant la statuette de la Vierge.

Le vieillard, revêtu d'un grand manteau brun et tenant un long bâton, est assis sur le bord du mur. La jeune femme, agenouillée, a les mains jointes et le coude appuyé sur le genou de son compagnon de prière.

Signé à droite et daté 1831.

Toile. Haut., 55 cent.; larg., 46 cent.

ROQUEPLAN

(CAMILLE)

28 — *L'Été.*

Une jeune paysanne italienne, assise sur un tertre, montre une rose qu'elle tient élevée au-dessus de sa tête; auprès d'elle, deux enfants regardent un nid d'oiseaux dont ils se sont emparés; à leurs pieds, une corbeille de fleurs renversée et un chapiteau antique; plus loin, deux enfants cueillent des fleurs.

Signé à droite et daté 1840.

Toile. Haut., 55 cent.; larg,, 42 cent.

ROUSSEAU

(THÉODORE)

29 — *Le Pont de pierre.*

La route, encore couverte de flaques d'eau, débouche du premier plan et se continue sur un pont de pierre à trois arches jeté sur une petite rivière ombragée de grands arbres.

Sur le pont, deux paysans, dans une charrette, se dirigent vers une ferme couverte de chaume, située plus loin.

A gauche, la prairie, baignée par le cours d'eau, est éclairée par un rayon de soleil.

Le maître, avec une grande puissance d'exécution, a rendu dans ce charmant paysage l'impression de la nature ensoleillée après la pluie.

Signé au bas, à droite.

Bois. Haut., 33 cent.; larg., 49 cent.

SAINTE-MARIE

(A.)

30 — *Trois Chevaux à l'écurie.*

Toile. Haut., 35 cent.; larg., 45 cent.

TROYON

(C.)

31 — *Pâturage en Touraine.*

Au bas d'un monticule surmonté d'un bouquet de grands arbres et près d'un champ de blé, le troupeau de vaches pâture dans une prairie marécageuse, sous la garde d'une paysanne et d'un chien de berger.

Au milieu, une vache blanche, en pleine lumière, se désaltère dans une mare que les herbes cachent à demi. Autour d'elle, cinq autres vaches paissent ou se promènent.

De légers nuages parcourent le ciel et projettent leur ombre sur le premier plan, laissant en belle lumière le reste du paysage.

Œuvre importante du maître.

Signé au bas, à gauche.

Toile. Haut., 81 cent.; larg., 1 m. 17 cent.

VILLAIN

(E.)

32 — *Intérieur de boucherie.*

Signé à droite.

Bois. Haut., 61 cent.; larg., 47 cent.

VOILLEMOT

33 — *L'Enfance de Bacchus.*

Le jeune dieu, monté sur un tigre, est précédé de quatre petits faunes, jouant des cymbales ou sonnant du cor; derrière lui, une troupe de joyeux enfants complètent cette marche triomphale.

Signé à gauche.

Haut., 73 cent.; larg., 1 mètre.

ZIEM

34 — *Venise.*

Deux grandes embarcations stationnent au milieu du Grand Canal, entourées de gondoles; une d'elles, chargée de promeneurs, passe au premier plan.

A droite, on voit le quai des Esclavons, où de nombreuses barques sont amarrées; plus loin, le palais des Doges et la Piazetta, dominés par le Campanile.

A gauche, au loin, la Dogana et la Salute.

Œuvre capitale, d'une transparence lumineuse remarquable.

Toile. Haut., 67 cent.; larg., 1 m. 18 cent.

ZIEM

35 — *Stamboul.*

Les embrasements éblouissants du soleil couchant se reflètent sur les eaux du port et enveloppent dans une atmosphère dorée les principaux monuments de la ville, parmi lesquels on distingue le dôme de Sainte-Sophie et ses minarets.

Au premier plan, de nombreux musulmans sont assemblés sur le quai; au milieu d'eux, un marabout fait la prière du soir et invoque Allah, les bras levés vers le ciel. Formant un second groupe, d'autres personnages, assis à terre, font une collation.

A droite, vers des habitations riantes et ombragées, se presse une foule en fête et des barques accostent le rivage; sur la gauche, sont amarrés différents navires autour desquels circulent plusieurs embarcations.

Toile. Haut., 87 cent.; larg., 1 m. 16 cent.

ZIEM

36 — *Une Rue du Caire.*

Une rue étroite est encombrée par des Arabes. A droite, le soleil éclaire de ses rayons le haut des habitations ornées de moucharabys; dans le fond, une mosquée dont le minaret se découpe sur le ciel.

Bois. Haut., 65 cent.; larg., 35 cent.

TABLEAUX ANCIENS

CANALETTO

(École de)

37 — *Place d'une ville d'Italie.*

Cette place est traversée par un canal avec écluses où passent des bateaux, elle est animée de nombreuses figures.

Toile. Haut., 90 cent.; larg., 1 m. 30 cent.

GREUZE

(Attribué à)

38 — *La Prière.*

Une jeune fille, les mains jointes, les yeux levés vers le ciel, est dans l'attitude de la prière.

Bois. Haut., 45 cent.; larg., 38 cent.

GREUZE

(D'après)

39 — *L'Innocence.*

Toile. Haut., 75 cent.; larg., 60 cent.

40 — *Jeune Fille.*

Pendant du précédent.

MARTINELLI

41 — *Portrait de jeune femme.*

A mi-corps, la chevelure brune ornée de fleurs, le buste enveloppé d'une draperie bleue, elle caresse un petit chien.

Toile. Haut., 1 m. 15 cent.; larg., 73 cent

MONNOYER

(Attribué à)

42 — *Vases de fleurs dans des parterres.*

43 — *Fleurs.*

Deux pendants.

Toile. Haut., 1 m. 9 cent.; larg., 75 cent.

POTTER

(D'après)

44 — *Bestiaux au pâturage.*

Bois. Haut., 52 cent.; larg., 52 cent.

RICCI
(SÉBASTIEN)

45 — *Moïse frappant le rocher.*

46 — *Les Hébreux recueillant la manne dans le désert.*

Deux belles compositions bibliques rappelant les œuvres de Tiepolo, faisant pendants.

Toile. Haut., 1 m. 24 cent.; larg., 1 m. 12 cent.

WOUWERMAN (PH.)
(Attribué à)

47 — *Le Maréchal ferrant.*

Deux cavaliers ont fait halte devant la maison d'un maréchal ferrant; l'un d'eux a mis pied à terre pendant que l'on ferre son cheval.

A gauche, une famille de mendiants demande l'aumône à un cavalier vu de dos ayant une femme en croupe.

Bois. Haut., 31 cent.; larg., 40 cent.

ÉCOLE ITALIENNE

48 — *Paysage avec figures.*

Toile. Haut., 1 m. 10 cent.; larg., 1 m. 55 cent.

49 — Sous ce numéro seront vendus les tableaux non catalogués.

www.ingramcontent.com/pod-product-compliance
Ingram Content Group UK Ltd.
Pitfield, Milton Keynes, MK11 3LW, UK
UKHW020539180726
13839UKWH00006B/2601